诗
想
者

HIPOEM

错误
简史

马叙——著

GUANGXI NORMAL UNIVERSITY PRESS
广西师范大学出版社
·桂林·

图书在版编目（CIP）数据

错误简史 / 马叙著 . —桂林：广西师范大学出版社，
2020.2

ISBN 978-7-5598-2328-1

Ⅰ．①错… Ⅱ．①马… Ⅲ．①诗集－中国－当代
Ⅳ．①I227

中国版本图书馆 CIP 数据核字（2020）第 008489 号

广西师范大学出版社出版发行

（ 广西桂林市五里店路 9 号　邮政编码：541004 ）
网址：http://www.bbtpress.com
出版人：黄轩庄
全国新华书店经销
广西广大印务有限责任公司印刷
（桂林市临桂区秧塘工业园西城大道北侧广西师范大学出版社
集团有限公司创意产业园内　邮政编码：541199）
开本：889 mm × 1 194 mm　1/32
印张：7.5　　　　字数：170 千字
2020 年 2 月第 1 版　　2020 年 2 月第 1 次印刷
定价：52.00 元

如发现印装质量问题，影响阅读，请与出版社发行部门联系调换。

目 录

第一辑　永久的歉意

第二辑　事物摇晃

第三辑　乌托邦，金托邦

第四辑　傻瓜的歌唱

第五辑　　错误简史

第六辑　　大海记

第七辑　　惊慌追赶

第一辑

永久的歉意

在一匹斑马旁谈论大雪

一个寒冷的下午
在一匹斑马旁,谈论一场突来的大雪。

斑马站着,不动。
雪是它的白色部分,它的黑色部分
是一座庙宇,于大雪纷飞中
供人安静地祈祷。

此时的谈论,须继续放低姿势。
即使是谈论一场前所未有的大雪
也得控制词语与语速,控制住音量。
必须对黑色要有足够的尊重。
要有足够的冷与谦逊。

它用同样的白色告诉雪原
告诉低声谈论的两个人
一切起始于河流般的黑色部分
在它走动的一刻,黑是温热的亲人
在它静止的一刻,黑是秘密的核心。

"还有一些不必说出，静默足可"
谈论了一下午的两个人，站立在雪原上。

这匹斑马已悄然走远
留下的一座庙宇，被大雪掩盖。
黑色，河流，静默的雪
构成另一匹斑马，足够我们谈论一生……

2016．2．9

带刀的人

他有了一把刀。
他是一个带刀的人了。
刀放在包里，就如自己淹没在人群里
谁也不知道
有时他忘了自己是个带刀的人

有时，他拉开随身的这只包
看一眼这刀，
其实他只看到刀鞘部分
"一把好刀，若不赠予英雄
便是被恶棍占有"

他不是英雄也不是恶棍
他是一个真实的带刀的人
他怕自己跑起来
怕自己在奔跑中趁乱抽出刀来

他现在
越来越怕遇见当下的仇人

2015. 6. 28

遥远的兄弟在杀羊

太远了，远得
我一直不知道他这一年来在干吗。
而此时他说自己在杀羊。

他在遥远的地方杀羊。
北风呼啸。

我想象那只羊
——雪白。
——温柔。
——无声。
由此温暖了严寒中的一小块角落。

但是，它被杀了。
这个严冬
遥远的兄弟在杀羊
这个唯一的消息
带着呼啸的北风而来。

我希望有新消息覆盖它。

但是，一整个冬天
再也没有了其他的一丁点消息。

2015. 7. 19

2015，一个命名为“天鹅”的台风要来了

这次台风叫天鹅。洁白吗？轻盈吗？
在台风到达之前，把该做的事先做了
再把这个名字叫熟，说起它就想起台风

在更早更早之前，天鹅还是一个优美的物种
后来，工业化时代来临了
有一款洗衣机命名为“小天鹅”
还有一个夜总会被命名为“白天鹅”

在这个时代，还有一些人吃过天鹅肉
好在十六级超强台风就要来了
好在这个台风命名为“天鹅”
它将天翻地覆而来翻江倒海而来

从此以后，天鹅不是一个可以轻易命名的名词
除了天鹅本身之外，除了本次命名之外
当然，允许你深夜，熟睡中
梦见一次天鹅，轻盈，洁白，或者全黑！

2015. 8. 18 夜

道 歉

——致泰顺县

回到出生地，回到 1959。
青山相对，流水在歌唱困难的时间。
一个人出生，草木依着石头疯长。

一出生就道歉。
因为草木太茂盛，溪流太美妙
而人生如此渺小与困顿。

多少年了，青山与流水依旧
而我苍老得如此之快。
我返回，用所有的年月与文字
向它们致以永久的歉意……

2016. 1. 8

啊，醒来

啊，醒来
世界还是这个世界
事物没有移动
尘埃增加了一些
又吹走了一些

看到了又如何
没看到的又如何

一只野猪经过这世界
它粗粝的猪毛被人制成刷子
记下这一件事
仅仅记下

醒来
一场雨将落未落
尘埃里
你看到的一切
都是假象

2015. 8. 20　晨

我担心有一天留下一个委屈的肉体太孤单

把一顶帽子抛上去，带着巨大的心思与情绪
带着紊乱的无线电调频的低音与中音
这样地上去，到高空，是为了问候一朵仙女般的白云

而肉体是上不去的
即使上去得了，也只是在低空徘徊
只配与黑压压的乌云费劲地对话

因此，我庆幸帽子抛上去了
它越来越高，仿佛深知我的心思
去追随蜜糖似的虚无生活
去享用与白云同等的惊人之美

而我更庆幸的是肉体始终居于地面
喝酒吃肉，由此获得庸俗的权利
嬉笑怒骂，讨厌雄辩
用热水泡脚祛除一日的寒湿之气

唯有深夜，想起飞离自身已久的帽子
担心再也看不见它

担心有一天，自己坐在帽子上飞走

留下一个委屈的肉体，太孤单

2016. 4. 4

在小旅馆……

醒来，在小旅馆。
上方吊着达利与寂静。
路灯斜照着他们的下半身。

有如月色描述月色。

远远地，驶过一辆大卡车。
那轮胎声
是在缝合还是撕开这世界。

坏声音从来就是这样
让人夜不能寐。
等待着那事物轰轰烈烈地
干这个世界

2015. 10. 23 4：30

雷霆也有生病的时候

天地更俗了
女皇被爱得不像样子了

暮春已过
万里长空仍然一声不吭
唉，雷霆也有生病的时候

2017. 3. 12 晨

无尽的雨

无尽的雨削着他
削掉他的四肢
削掉他的外部身体
削掉他口吃的语言
削掉他内心的灼热
而他——
始终保持着一小块的干燥

无尽的雨在削着他的同时
削掉了环境、鲜花、半边的云朵
削掉了朗读者的诗意
削掉了无尽的雨意本身
看，他手抚着干燥的部分
——这革命坚硬的核心
仍然渴望着
一场资产阶级的暴雨

他站在干燥部分里
看着
无尽的雨

削着无产阶级的世界
无尽的雨
削着资产阶级的世界

无尽的雨，削着这个奇怪的世界

2012. 5. 19

清　明

明天就是清明了

高速公路第三次大免费。

去墓地的费用因此而减少了。

但是雨一点都没少

从唐朝到今朝

雨，一点都没少。

今天下午

雨已经开始下起来了。

离清明还有一天

乌云是今天的亲人

用三两悲痛扰乱人一生

我是驭着这悲痛的人

我驭着，并嘲笑自己

以此也嘲笑悲痛

那么，我是驭着嘲笑的人

那么，我是这世上

被嘲笑的人

嘲笑过了
一切都逝去了
明天，清明日
我要去前人的墓地
假装思忖一生的喜怒哀乐

2013．4．3

有那么一天

有那么一天，火车开出去，一列老火车
煤炭在炉膛里轰轰燃烧。一位年老的旅客半闭着眼
——铁轨，铁轨。

有那么一天，火车开出去，风雨吹来
在外很多年的旅客就要回到家。
蜡黄的脸色，带着外乡的劳累。
"唉。"一个抱着臂膀的邻座，看着车窗外的景物流逝。
——他看得多么的专注！

姑娘已成人妇。双乳下坠，熬过一千五百里的路程。
她还来不及生养孩子。火车继续开向前
一个城镇被抛在身后。

有那么一天。一个孩子模仿汽笛，并高叫：火车！火车！
他的影子在车窗外迅速地小下去，消失。
终点的火车上下来一个老女人，满脸皱纹，步履蹒跚！

无事，就反对春天

反对春天，明确点，不含糊
首先反对自己
吃饱喝足地反对
旗帜鲜明地反对
漠然，无感，不走动，不欢喜

接着是板凳反对椅子
空气反对房屋
或再从描摹一块石头开始
——它巨大、坚硬，顽固、无知
它轻易反对高山流水

还有一帮狂野的孩子
齐刷刷地反对大人
世界才看到他们
就已经被彻底反对

在这些日子
无事，就反对春天吧
直至反对整个世界

直至春天反对春天

直至世界反对世界

2018. 4. 16

针　尖

针尖扎入泥土
针尖扎入木板
针尖扎入布匹
针尖扎入麦芒
这一切，都轻而又轻
直到针尖扎入皮肤
快，细，无声，埋没

仿佛被虫叮了一下
仿佛从来没有发生过
一切都来得没有踪迹
还要再轻，酸，无声，无知
极小极小的破

针尖扎入日常，这么轻，这么小
数十年来唯一一次
抵达骨髓的
不被知晓的提醒

2018. 5. 5 晨

老朋友生活史

他提着自己的前半生出门……复又进门
——做了一个十分不得意的人，经常心境低到极点。

三十五年了，他一直抽烟。……几乎抽空了一个时代。
……他的另一部生活史
平淡，隐秘，……不着一字。

……这漫长的，……失语的
如木地板沉闷，……无趣。
黑背心般的思绪，挂在乌云的悬崖上……

他这样侧身生活，半明半暗。
……按住一部旧稿——
那是他的前生部分，等一阵风吹开。
……又合上。

他的内心是一个乡镇。……他创造了另一种晦暗
——杂草优良，时间凌乱……

2013. 6. 11

不是我，是风

弗里达说，不是我，是风。
那么，要是不是风呢？那么
还会是什么？

是纸，是玻璃，是大海，是蓝天？
还是虚无的另一些？
抑或是动荡不安的内心？

不是我，是风。
换另一个方向说出，一说出就被风吹走了
此时，什么都没剩下，只剩下你

——站在空地上，站在自己的内心深处
此时，你所有的话都被风吹走了
你已经无话可说

时间的大风过境，吹了一遍又一遍
剩下你，像是一句多余的话
——不是我，是风

一座桥，太远

"它像什么？"上校指着一座大桥的图片问。
"报告上校，它像屁股。"士兵说。
——这是二战时期南斯拉夫的一座桥
在电影里，它高高在上
把诗意、暴力与屁股混合。

而我有另一座桥，它太美，也太远
"小时候，我站在桥边向溪里撒过尿。"
这是远离电影也远离诗意的画面
风吹来，把尿吹开，像一蓬飘摇、透明的茅草。

少年的我离桥太近，直到不想看桥
也不想好好读书，也不想听父母的话。
我们看南斯拉夫电影，然后从这桥走过，回家。
尽管这样，这座桥仍然太美
它带着我的少年时期远去。

如今，想起这座桥
想起它，想起它的美与我们那时的自由
——就心疼。

阅尽人世之书后

又回到了电影：若我离开，请把我埋在高高的山冈上……

花儿开

花开了。
开得……太快了点。
请开慢点。慢……慢地，开。
……慢……慢……慢慢地，开。

要慢得我……口吃……苍老。
慢得我日益荒凉，丧失回忆。

我在许多年前歌唱过女性
二十年，抑或三十年，或更长的时间
……多么漫长。
楼市几度涨跌，我病过又痊愈。
而一朵花能否比这……更漫长？

花开了。
面对面地开。
……迅猛、盛大地开。
面对这个世界，这花正从无开到粉
再开到消防车一样红。
它还要……再开下去

此时，天边的一座山冈着了火！

第二辑

////// 事物摇晃

旧时代，忆一列蒸汽火车的旅程

多少天了，一列蒸汽火车，继续着一段旅程。
慢行的火车深入荒野。
沉默的人坐在靠边的位置。天空跪在远处山脚
仿佛一节中国文学
长篇写得荒废，诗歌写出极端
一列火车只有一个读者，他看山川如阅荒凉

被描述的火车
——机械的，蒸汽的，黑色的，历史的。这样
这段旅程更加缓慢。
一个庞大的故事到远处只剩下一行短句
只剩下，无语的故事中的人。

火车一直在开。缓慢地，开。
这是素描时期的景象。反复，简朴。
荒野上坐着的人，寒冷，贫困，自由。
枕木写下铁轨的面貌，铁轨写下火车的面貌。
还有一种面貌是乘车人的面貌
——他们有着一千个以上的复杂面貌。

这列火车继续穿越纸张、句子、描述。

火车在荒野上缓慢地行进。

带来的一个黑白时代，大地也有着铁腥味

语言是它的锈

促使记忆的火车头衰老、失忆

促使这列火车向着远方，永去无回。

夜行慢车

巨大的夜的疾病。悲凉。寂静。
深夜的列车一直向前，不拐弯抹角。

雨水中，玻璃有笑声
过了一会，玻璃的笑声越来越小。

之后是灯光的嘟噜
有点散，有点扁，有点悲伤。

一车的人，在睡。
除了睡，还是睡。

夜的疾病，被列车
从一个城市运送到另一个城市

2015. 8. 2 夜 K1009

鳄鱼醒来

晨雾渐渐稀薄，鳄鱼从水中爬出
笨拙、隐秘的鳄鱼
仿佛寄自旧电影中的一封长信——
几十年，它来得太慢，它几乎就要消失

鳄鱼把久远的往事推向寂静的密林
而它的灰色的眼神又看到了什么？
在河边，我的观察涉及河流及河流深处
而鳄鱼的静默涉及明天的自然

风从高处泻下，洗开眼前的一切
我看到鳄鱼的牙床，封闭的、错误的暴力
看到捣碎的青草为大地无尽地散开

鳄鱼无声地涉过另一道潜流
雷电。暴雨。
鳄鱼此时比一块石头更加沉默
鳄鱼一动不动
鳄鱼观察这个光明的世界
它聚合一生的事件就将来临

当大地恢复宁静

当遍地的青草加速生长

我看到，鳄鱼开始缓慢移动

几十年，多么漫长的时间！

我的诗，歌唱鳄鱼冷静、质朴的第二次显现

大雨如注

大雨如注。沉睡了那么长时间的雨
在大地上跌醒。
而我
从不知道有多少雨水从天上下到了地上
一如我从不知道人生共有多少天。

但是，大地因此而醒
而我也只关注屋外的雨水落下来。
它们落在这座老屋子的外面
这么低这么感性的声音，仿佛婴孩也仿佛女眷。

本来就差的数学这时更加地差
我只知这寂静的一天，一夜，一刻
只知雨水自天上而下，而对其余的更加无知。
我喜欢这庞大的无知！

雨越大，我越无知
这些带雨的乌云跪在半空中，跪空了巨大的天空
这场雨，一本巨著中的一页
屋外的雨，一页中的某一句

——沉睡的巨著中，唯这句惊醒。

雨继续在下，黑暗中，这座老屋尚未全醒。
而我在巨大的无知中继续接受雨水
我牢牢记住这一刻的突然惊醒。
我的人生有了这一次——
"大雨如注，仿佛一生只有这一夜"

2015. 6. 19　大雨夜

齐溪镇夜雨

这是一个小旅馆的雨夜。
齐溪镇的夜雨与天下所有的夜雨一样
从天上落下，落到地上，流走。

所有的雨水，看不到，只听到。
直到乱了听觉。
乱了的听觉，终于被连绵夜雨按住
渐渐地，听到了一滴，雨的清晰的声音。
就如我的生活，一直以来乱糟糟
直到被一声嘘声突然理顺。

以前的夜我基本睡得很好
只有今夜，齐溪镇的雨声，这个庞大雨夜的
一滴清晰的雨声，让我感慨半世人生。

我有睡不着的理由
齐溪镇之夜，四周大山耸立
它们沉默地保护一滴雨声的到来
也保护我这个陌生人的一夜未眠

2014. 4. 12 夜，开化，齐溪镇

端坐下午

渐渐地，他们都走了，回家了
他们悄无声息地离开了。
剩下茶壶、杯子，与烧茶的器具。
剩下四面墙壁，与独坐在其间的我。
这时，体味这个寂静的空间也不错——
一壶茶，渐渐烧开，蒸气升腾
一只杯子，注满茶水，又喝空。

这挺好——细致的。平静的。安宁的。
微型盆栽，光影移动如此缓慢。
唔，内心如果有宇宙，就是在这时。
内心如果有虚空，也是在这时。

这时的阳光真是明媚啊，就如
重新铺开散乱的事物，然后它们之间
互相友好。并且，它们用心互相照明。

现在，第二壶茶又烧开了。
阳光又倾斜了一些，话语更少了
对事物而言，开始了表面的温暖。

我置身其间，孤独很小
只够装满一个小小的杯子。
——小小的，刻骨的……

2017. 1. 26

雾霾时代的一次命名

穿越雾霾是艰难的。在十二月
给穿入窗户的阳光命名，叫它"忠诚的背部"
给木椅子命名，叫它"安宁的胳膊"
给角落的一个落地灯命名，叫它"幸运者"
给这一刻命名，叫它"钟摆，钟摆"

这一天，还有许多个叫法——
"宋朝"。"隐形城市"。"光亮的灰尘"。
"油画棒里的春天"。
"海湾公园"。"船的故事"。
它们在阳光的斜照里，被如此命名。

把所有的室内事物再命名一遍。
并且延伸开来。马路上的那个行人，"快乐使者"。
小吃店里那个坐着的，"饥饿艺术家"。
海王星辰药店，"不买斋"。
然后再回到内部命名，把胃叫作"一个不听话的人"。

回到内部命名。
哦，语言覆盖了所有事物。

"红色的、感性的帆船"。

"海洋上的红色小旗帜"。

——这一刻，后雾霾时代

用全新的命名来驱散。

这一刻，再给一个美的容器以多个命名

——"驿站。壁炉。迷惘的歌唱。"

即将结束时，再模仿一次遥远的命名

"致敬，门槛上的荷尔德林"

穿越雾霾是艰难的。最后，最后的命名

来自内心深处

——"嗯，大海中央……一只羊……"

2017. 1. 8

可能的词语与野兽

野兽是一头狼或虎。
专在雨天出没，带着湿漉漉的面貌。
在河流旁，动词越加有了分量

而你在烧着废纸。
有着烧不完的词汇。
唯有我，披上水一样的大衣
坐读暮春

缓慢的转动的面孔
就要说出积攒了几十年的想法。
雨天
一头野兽抬头，无声行走。

我咽回了一句话
用它喂养内心的另一头野兽

2016. 5. 5

早安，一切

我告诉你，我正在衰败。
我是这样分配睡眠的
——上半夜两小时，下半夜三小时。
或者是
——上半夜三小时，下半夜一小时。

还有，用十年移动一个女人。
用失眠。
用满面尘土。
用反复横穿公路。
用最陡峭的语词。
用静止的薄薄的修辞。

醒来。
一早裹着大衣。
遇上一个落魄、衰朽的自己。

此时
这个早晨很平静。
这条河很平静。

这个公园很平静。
这个地球很平静。

早安。
一切。

2016. 5. 6 晨

春天来了

春天来了
潘金莲在清河县逛街，走动
她一走，天气就出奇地好

今天的艳阳也照着了萨福
潘金莲只笑不说
而萨福则忙着赞美

有人走过，大声喊，潘金莲！
有人走过，轻轻地，喊，萨福，萨福！

春天的萨福，饭量仍然很小
只吃一个蛋糕加一杯白开水

潘金莲吃下了好几亩的油菜花之后
为了萨福，又吃下了几亩紫云英

潘金莲与萨福
这一对好姐妹
在春天里各奔东西，又互相纠缠！

2012. 4. 2

一个悲观主义者写小孩

一个悲观主义者写小孩。
他写三个
光屁股
小孩。

三个小孩，三个
滚动的黑逗号。
三个突然而至
各自成长——

小孩一，站在一棵大白菜旁
给大白菜抹上鼻涕与哭脸
让大白菜在年幼的悲伤中腐烂
每腐烂一颗大白菜，他就噌地长高一厘米

小孩二，随一个大苹果滚落
他遇到的世界细小杂乱凶狠
周围事物装订起一本危险杂志
等待着他的哭喊去标点

小孩三，他玩的一盒火柴哪去了呢？
他不喜欢家里人，不喜欢反复吃饭吃粥
他喜欢那盒不在了的火柴
他曾经，点燃了眼前的一堆杂物
差点成为最小的纵火犯

爱小孩的悲观主义者
手捧着世界这本烂书

三个光屁股小孩
他们在悲观主义者的书写里各自成长
他们瞪大双眼向着这个烂世界
唉，世界这本烂书
——战争，阴谋，欲望，倾轧
他们，三个滚动的黑逗号
一如泥牛入海无消息……

2013. 4. 3

雾，非法一天

有雾，身体突然沉默了许多。
——"你好"
——"早安"
空气在说话。
而身体根本不理睬。
其他的事物，变得非法
——变薄，变得悄无声息。

这是，非法的一天。
内心的雾许多年前已经弥漫
词语与词语彼此不知
内脏面目不清
坐在雾中的肉体与空气相认。
迷雾深处的私处
水不知，风不知，人不知。

草正在悄悄地生长
一些翠绿穿过浓雾来握青草的手。
而水分聚集，开着非法会议。
浓雾，使得法不责众。

在雾中，摸着一个庞大的无知。

雾中，一个晃动的脸庞。
雾中，一辆汽车小心翼翼
开着雾灯，穿过迷雾远去

2013. 2. 7

雨天谈话录

许多天了，这场雨还没有要停下来的迹象
一本书长久地打开，上面的那些汉字受潮、变软。
在这个漫长的雨季，你的一切可都安好？

这无限的雨意，是我一生中最缓慢的时光。
压低心跳。阅读，思考。翻找一条又一条通讯录。
我要一慢再慢。慢——
写下"雨"，八画，写下"消逝"，二十画，写下"等待"，二十一画。

雨还在下。我在另一个地方感受着你的慢。
我同样在翻书，阅读。
雨声中，租住在邻室的江西小夫妻吵架分走了我的心思
他俩的生存烦恼，随雨意感染着整个小区的保安与业主。

我坐在你的对面。两人却分别在两个遥远的地方。
我们谈雨，谈出隐秘的心思，谈出二十年中忽略无数次的小事件。
雨意中，一本词典在加厚
它越来越庞杂，越来越琐碎，越来越接近烦恼的生活核心。

是的，许多天了，这雨，还在下个不停。

出租车溅起的水花打湿了行人的裤管。

这个雨天，只有出租车焦灼地在向着各个角落飞驰而去。

我欣赏你的"慢"的同时，突然有了对"快"的深切认同！

这个夜，装上月亮的马达

这个夜，装上月亮的马达
它发动薄雾一样的哀愁、悲怆，发动数盏小瓦数荧光灯
一个小男孩做着无限的作业。

今晚，除此之外
还装上哭，装上痛，装上假装小得看不见的星星。
而大白菜与大萝卜则坐在地里生气
一道生气的还有教师、家禽、经理、回家闲置的白领、学者。

唉，这个俗世，这个物价飞涨的年份
一个人为了点儿名与利到处抄袭
一个人把肉麻当有趣
一个人在看没完没了的电视剧
一个人一到天黑就沉浸在冗长情节里无法自拔。

另一个人，白天时去看过油菜花
春天一时被装上了暂时飞舞的大肚子蜜蜂。
油菜花呀，油菜花。
天空也蓝得生气了，生情欲的气，生辽阔田野的气。

这时，一架飞机穿越夜空，越飞越远。
在另一个地方
还有另一个人，在遥远的地方坐着
他不动，他的心里很空。

另一个庞大的夜空装上了一个散漫的灵魂……

2012. 4. 9

我要给你讲一讲庄稼

请你坐下
或者，站着也行
但是，要安静
要安静地听我讲

我要对你讲一讲庄稼
讲刚剪下的番薯苗
讲还很瘦小的玉米株
讲还埋在泥土下
刚开始发芽的马铃薯

呀，我讲不出更多的了
我会叫邻居来继续给你讲
就让她来给你讲剪纸吧
怎样用纸剪出各种庄稼
其实，其实她对庄稼懂得也不多

唉，你还是抬头看云吧
你看那朵云在
那么高那么远的地方

它下面肯定不是城市
它下面肯定会是一片庄稼

遇　雨

在安吉桃花源，一场突然而来的雨
一如牙齿与雪梨相遇
饱含水分的凉意突然而至。
而嘴巴是空洞的
发出的词语，遭遇了惊雷
队伍乱了，人心散了，词语乱了。

这时，春天被喊回来了
数月前随流水而去的桃花被喊回来了。
桃花是最小的妹妹
桃花乱了，桃花源的水乱了。

暴雨继续在下。
整个秋天被重新叙述了一遍。
怀抱中的雨水，雪白，性感，闪亮。
直到每个词语都带回了一朵桃花
直至惊雷唤醒整个世界，人们回到安静的秋天傍晚。

东苕溪

他一直虚构，虚构了生活与嫉妒
虚构了半个世界与半世人生。
在继续虚构未来时，他来到了东苕溪
这一段旅程，像极了另一次虚构的开始

男人们在竹筏上打水仗，哇啦哇啦叫
这到底是怎么了？
这是被东苕溪所虚构的旅程吗？
"不是的，这是一段奇迹的开始。"
东苕溪的流水加速向下向前，越流越开阔

女人们的心意是流云
飘忽无定，赤脚在水中，鱼却早已飞上了天。
空气中有声音在喊——"安吉！""安吉！"
它继续着东苕溪的历史
当溪水猛涨，当落花像闪电飘过
这是一部伟大的虚构史的一段

从临安来，往德清去
东苕溪在这里，有着富农般的往事与丰饶

这一刻，人在竹筏上，起伏，向前，真实得不可信
像是一切虚构的对立面。

下渚湖

杨振华先生穿过词语的沼泽，带领我向深处走去。
我没有看到水妖（她们在夜里会出现吗？）
我看到白鹭、朱鹮、莲蓬、水菱、鲶鱼、野鸭。

我所遗漏的，后续的同行者必将看了去。
我所遇见的，后续的同行者也必将遇见。
野鸭扑棱棱地飞，有着大惊惧。

更深处，路小树杂。
湿地水草茂密，小气泡令人惊异。
我回忆起生活，回忆起生活中的灰与白。

杨振华先生继续穿过词语的沼泽，带我准确地找到了码头。
水面开阔而动荡……
下渚湖，我回望。水妖的故乡。词语多娇艳！

2014. 9

说到一为止，不涉及其他

要说到一为止。这是一个艰难的开始。
不准备再说二或是三。不涉及其他。不涉及一点一。
但现在说到了零点七。这一个进程要说得小心翼翼。
要在外面说。不涉及心里的任何事物。
不涉及过去的时间，过去的快乐和不快乐。

不涉及别的庞大的数字，不涉及走得远远的那个孤独的小偷。
要擦掉脸上脏乱的污黑。放好双手。
要赶上天未亮时开出的那班班车，靠窗坐下。
吞下沿途的一部分事物。不要去想它也不要消化它。
要在半途下车。另外的一些让它全部带走。

要去到一个小站。把陌生弄熟悉。
那个姑娘，她坐在黑暗的角落里卖着杂货。
要是说到了一，这时的天会亮吗？
仍然不要说其他。不要说出杂货之外的其他事。不要说出。

小站没有多余的车辆。小站彻底空出了它的停车场。
周围的一切正开始静止。就快要到达一以外的其他事物了。
但是，不再说下去。
站在一个冷落的小站外。坚决不说。

秘密的笑声

天空咬紧牙齿，但咬不住地底下的杂物。
秘密的笑声，只出现在雷雨时候。
在雷声的巨响里，闪电随后就到
那笑声的出现，比闪电稍快了一点点

在此时，只有你的内心紧缩。
一句话甩下别的事，沿着血管在奔跑。
它要寻找漫天雷雨中的一滴，用来对应往事的浓缩
要走在前头，压住还没来得及出现的笑声

在此时，一定要忘掉其他，忘掉曾经的事业
在此时，只剩下一句话后面的影子。
一如走失了的孩子，让父亲一夜白了头。
重重地击打下，白发点燃黑暗的走廊！

要追随到天边！低头摁住一粒笑声。
四周已经恢复了平静，天空继续咬住牙齿。
人们继续听不到笑声。疾驰而过的那辆卡车
超载一车满满的货物，正在加速地远去！

内心生活

丁酉秋
更敏老调

坐在货物上的小东西

小东西坐在货物上。它的姿势古怪、特别
说不出好与不好。
小东西，是我们平常所说的那种小。
只有货物杂乱、高大，堆满了整个货场。
一个人过来，他先看到小东西还是先看到那么多的货物？

陆续听到一些：诅咒、猜测、追逐
陆续听到货物与货物的挤压：有力、充满仇恨
只有小东西沉默。它高高地坐在货物上。
小东西抱紧一小块货物的意义
努力使它变得无用、空洞，让漫步者停下并显得惘然！

而运输者，继续对货物进行定义：安装、使用、生产
继续在吵闹中确立自信与骄横的做派
只有小东西坐着，不吭声，在货物的表皮上呼吸冰凉的空气
有时它让心情不好者看到。有时移动一点点距离。
哦，事物是多么的沮丧！

小东西，它小，它用一只眼睛看事物
另一只眼睛，它要看更近更小的一些事物！

而天就将黑了，一些货物被装上卡车，陆续地离它而去。
货物正在减少，空地正在不断地扩大
一天就将过去。哦，小东西！小东西！

空 气

她站在阳台上不知在做什么
她站着时，阳台上方
一只鸟突然飞走了
鸟飞走了她想起来了
她有些东西被它带走了

她的那些东西是什么呢
她的男人是一片羽毛
鸟还没来时他就已经被空气吹走了
鸟刚来时她自己也被吹走了
鸟飞走时她又回到了阳台上

现在她成为阳台上的空气
阳台已经没有了重量
阳台也成为空气
这座房子，这个地方，这个城市
——已成为空气

2011

一个午后

事物看准了这个下午。坏天气使视线也变坏。
它把天气撕下一半，另一半塞进巨大的池塘。
站在池塘边，我努力观察水禽！
它为什么不游，并且停滞！

我所想象的水怪在深处。庞大。无语。
有着好看的胸鳍，它离坏天气还有点距离！
而返回的女人靠它最近。亲切的水怪
把鳍压住，呼出一丝湿气和怪念。
它要检验低沉的坏天气和坏事物！

水面上的杂物越来越少。
光线在继续压低。湿气撞击着我的四肢。
哦，我的心脏已经坏了
我的肢体正被池塘边缘所抨击！

哦，我正与水怪的坏念头并行相交
那水禽，被女人携带
——它要把她升上高空！
我仍然观察水面情况。把一些坏事物装入心中。

这坏天气、坏天气中的池塘、池塘中的水怪
我能否用四肢围住？

一个坏天气的午后。时针在缓慢地下降。
就这样
它压住我和午后的一切即将显现的事物！

第三辑

////// 乌托邦，金托邦

听一首民歌时想起

有时，觉得交响乐是法西斯
而美声唱法更接近军国主义
而学习是从书上获得更多知识，包括声乐
如今更多的是，满大街的流行唱法
有人说，我烦了。
这是烦现代生活？还是烦太多的杂事？

譬如吃着一碗农家豆腐
吃着野菜马兰头，喝着呛人的米烧
能让你心平气和么？仿佛也不能。
想起许多年前，有一次
午后，乐清民歌《对鸟》响起
我听到它，想起真理般的少年时期
山野的游击生活，简朴，自由，放浪

许多年后，我写诗，写小说
画起了水墨
这是与民歌无关的生活
内心有如深冬的彼得堡
获取有限的劈柴、面粉与自尊

而自由的风一直在山野游荡

草木拼命地青，溪水乱吼乱叫

鸟儿扑扑扑地飞

想起这些，你要忍住

你要继续平静地把眼前的庸俗的生活好好地过下去

2013. 12. 12

在乐清想起遂昌的清晨

清晨与壁画一样，都属于乌托邦
譬如在敦煌，譬如在遂昌
它们一样的安静一样的远
简直要与一切子虚乌有的事物并列
因为每当我一睁眼，就想起了它

以往的生活，持续发酵
雨。回忆。悲欢。
曾经书写过多少个漫长的夜晚
而从未写下一个面目清晰的早晨
从未在这样的早晨里宁静地表达

面对触不可及的空气，我只有再次清理往事
一本遗忘的书，书中的若干页
还有这许多年前写下的预言：
会有一片山林、流水以及空前的宁谧

还有四百年前
常常夜梦刚醒的知县汤显祖
失意，咳嗽，忧伤，幻想，头有点疼

连同后山的一片山林与虚构中的杜丽娘
——这就是一个清冷而宁谧的早晨了。

唉，如今这一个美杜娘，复活却更遥远
虚构于乌托邦深处
为了下一次更加丰富的冥想
以及永恒的、忧伤的追随……
此时，有人立于敦煌壁画前默念遂昌诗篇

2016. 4. 2　于乐清

遂昌，夜雨，南溪流水

耳鸣。唠叨。复调。这些与眼前的南溪并列。
歌赞流水的舌头也歌赞过狮子与风暴
流水越大，记忆越是紊乱，纠结
回忆一次就闪回，给舌头增加担子
给雨夜一支毒药似的歌

南溪流水到了深夜才有三分情色
要一直流淌到东方既白
还一个清醒的头脑于两岸
回想起来，在南溪边步行
更适合于情绪低落之时
在雨夜，整座城像一辆湿漉漉的马车

渐渐有些不睡的人，一并想起南溪
这里面除去赌徒、盗贼、双性恋、算计者
除去道学家、政客、职业经理人、后现代主义者
再除去那些过于明白的人。打开一扇窗户
从剩下的诸事里捡一件放在流水旁
日日夜夜，日日夜夜地
让舌头有节制地说出

还要告诉你 ，有些爱到一半走了的人
流水早已在今夜把他们送远
此时，雨，夜深下去，对岸有隐约的人影

2016. 4. 10 凌晨

金托邦

在遂昌，我个人倾向于在金矿外面想点事
想一个人应该如何质朴地度过这一生
想即使有了黄金，又怎样低调地花掉它
也许黄金从来都是在吝啬女性的那一边
抑或她们就是矿藏本身，只是
被俗世埋得太深了

假如我真的拥有一座金矿
我要先睡它三百个日日夜夜
安定好自己的一颗原本贪婪的心
然后起身察看整座山脉走向，察看那
延向天边的深处的财富
适合我造一个生词——金托邦

也许那以后我不再写诗作文
每日风轻云淡地进出柴门
装作有钱而低调的样子，请人喝茶，谈天
偶尔也议一议朝廷的那些事

然后去挖掘一座真正的金矿

你知道的，在灿烂的星汉深处

她坐在那里，比所有的黄金更加绚烂和璀璨

而你不知道的是——

她就在生活中，而所有的人却根本

不知道她在何处！

　　——金托邦，金托邦！

2016. 4. 9

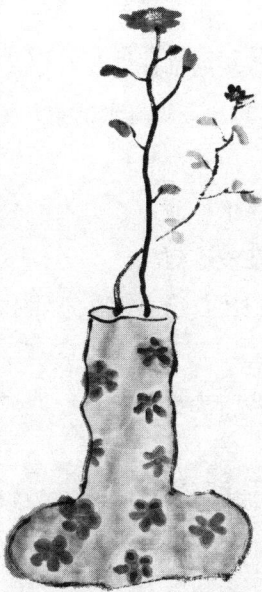

花开两头
各表一枝
乙亥春昌鼎

红枫。古道。慢

他在盛年时来到这大山里。
高大的红枫是他人生的批评家
"山路曲折，你要慢，一天几杯清茶，午后还要小睡。"

多像中产阶级的生活。
其实他连小资都还没达到。
他比他人清贫，也比自己的过去更加寂寥。

他感受红枫，一步一步走在古道上
感受真诚的静默
他回想，从少年到青年，骑坏了多辆自行车。

他看过一部奥斯卡短片
《父与女》，8 分 13 秒的人生真谛。
仿若一部地球史。
一棵棵矗立的红枫，又是多么的华美。

这种感受，他几十年只一回。
一棵红枫比另一棵红枫晚长一百年。
因为时间的流逝

因为这片枫林长得坚定，因为，慢。

一条古道
有着漫长的时间的隐忍，坐着元朝的人与今天的人。
他也介入其中
谈论历史，时间，以及人生的一个片段。

他从山里回家，几乎花了整个后半生的时间。
然后，又花数年时间，写下："红枫。古道。慢。"

百丈漈，亚洲象

夏季，她的心靠在亚洲象的那一边。
干燥的亚洲象。
只有她知道，亚洲象，内部的水是如此的充盈。

"正午时分，百丈漈行人寥落。"
此时，她正好深解离家千里的山水与寂寞。

夏季的风吹过
亚洲象，外表迟暮伟大，内心敏感。
她希望，今天的行人减为孤独的一个人。

她的心
贴着百丈漈的惊世绝壁，水的衣裳有着冰凉的惊艳。
想起去年此时
一部书稿，写了三分之一
山水是未写的三分之一。

此时，亚洲象是安静的。立着。阳光强烈。
她的寂寞已成丰茂山水。
她是如此的感谢百丈漈……

现在，她才知道

壮美的百丈漈，亚洲象，是她终生的情敌。

她到天边，到暮年，都被这壮美的事物所追击……

2013. 4. 17 晨

南田，访古人

他来南田镇，在镇政府里小坐了一会。
他喝了杯水，感到与公务人员的沟通有些难。

继而他来到了纪念馆，访问六百多年前的刘伯温。
阳光斜照进窗格，把他的光影投到了说明文字上。

他想起前天深夜喝伯温酒，低度，温和，在血液里涌动
眼前，他读文字中的古人，刘基的智慧，曾让明朝的空气
　　散发酒味。

六百年前，刘基写下："门外游人空驻马，冥冥白日西山下。"
如今，他回想着杂事，靠在石头老墙前，被刘基轻易预言。

广场旁，一座庙的气息传来。他选取其中的现实因素。
"五月十九日大雨：雨过不知龙去处，一池草色万蛙鸣。"

入夜，他回到了县城，继续喝伯温酒，感叹世事多变。
他想，人生到了关键时刻，谋略还得适当使用，最好少用，
　　或不用。

在西天目山

自然这部巨著：历史，年代，风雨，谁也篡改不了。

它如此高于人类社会

它袒护一棵柔弱的小草、一个正在孕育的芽苞。

西天目，人类给予它这个名字。

而我，拿掉这个名词走进去

遇见无比真实的巨大事物：大树，巨石，峭壁，暴雨。

"社会离它有多远？"

一句突然而至的话，世俗，直接，讶异

一如山脚下的汽车、房子、街道

西天目，作为游客的我们是多么的惭愧与羞耻！

惊动一棵小草就是惊动整个天目山。

惊动一只松鼠就是惊动整个天目山。

人们啊，去写你们自己的虚伪的历史去吧

西天目山的伟大在于它的沉默，不着一字

在于它的自然法则，在于它的傲视人类的真实的自然史。

心安之书

五月微凉，此时，翻阅一部书
它的封皮灰蓝，描写瓯海、柑橘
我沿着若干年前的虚构之旅到来
在这停留，坐下，拦腰翻开

会在这时读到瓯海部分
因为我知道，柑橘很像一个理想主义者
我知道，书中除柑橘之外
还另写下了各种故事
一些传奇庞大，一些文字细腻

当写书人写到瓯海
他低头，平静，缓慢，沉下心来
用一整个年头来查阅，回想
而我那时在另一国度旅行
吃着咖喱鸡饭，增加遥望的感受

这之后，我仅仅喜欢吃萝卜白菜豆腐
直至读到这一部书
关于瓯海，关于瓯柑

我要重新虚构一次人生之旅

去掉意义，唯剩下黯淡的爱与无言的欢喜

这一切，令人心安。

2016. 5. 5

谁又能够懂得白鹭与河流

去瑞安。
一条河
带着我，带着一船人。

闭眼回想，瞿溪，泽雅。
流水被盗用，流水账流水席。
最应该用上的词是
桃花流水鳜鱼。

庞大的天空看得人头晕。
晕在塘河上，可以与流水相对应。

去瑞安。
而我还在瓯海的河流上。

身体摊开比天空还大。
如果此时，有人再次头晕
这是人生之幸，这时会有白鹭飞过。

唉，话又说回来

谁又能够懂得白鹭呢

谁又能够懂得河流呢

2016. 5. 5

我就是在湖边随便走走

冬来了，我独自走在鄱阳湖边。
我就是随便在湖边走走
—— 一如我对生活的平淡态度。

在湖面开阔处，我看到了一只
与我近似状态的水鸟。
我感觉它是在向我问安。

当然，只有我明白
它之所以如此平静，因为它清楚地知道
——令人惊异的事物就藏在明天湖边的某一处。

2018. 11. 11　于鄱阳湖

大象走过湖面

大象在这一天走来
它来时，必将经过湖面。
这一天，我还在描述一些空洞的消息
——好为人师地告诉别人
大象如何涉过大海，以及
另一次更为壮观的走动情形
直至描述到自己消失在其中
而忘了面前微风中的鄱阳湖

难道我这空洞的描述就能对应
这匹兀自而至的
大象吗
其实我也想同时描述
自己脚下的这一行脚印
以及湖水瓦解内心的那一刻

可是大象越来越近了
湖水越来越像一面镜子
"大象……来了……"
消息在缓慢地传递，平静地推进，并扩张

鄱阳湖脆弱的薄暮一般的湖水啊

此刻准备好了夜晚降临的盛典了吗

2018. 11. 12　于鄱阳湖回浙途中

新春
○○畫
馬敘畫

谣曲一首

风吹来
人低头
歌谣在左
唱腔在右

流水流
牛羊走
妹子在前
哥哥在后

一卡车的皮货
挨村兜售
售完了皮货
就回头

再过几年
妹妹呀
哥哥还是那个
那个单身狗

2018. 9. 19　夜于甘肃宕昌

薄雾中，放心做一个有庸俗之爱的人

我所携带的在天池放下了
在这里，我回了一下头
空前的释然
我放心了自己做一个有庸俗之爱的人

天池的寂静与安宁
给了我真实的陷身俗世的信心

不就爱了你一个人么
不就把情感当作米饭天天吃么
不就这么庸俗地没有高度的爱么

在天池边坐了好久，又想了好久
觉得还是要继续吃饭般的
去爱你

我几乎是一个饱汉了
天池真安静啊，走在薄雾中
只有如此安宁如此淡定
才会接纳这个庸俗的我

因此我回头
看一碗米饭一样地看到我爱的人
如此普通，平淡，并长久

这一切，都是因为
在俗世，爱一个人
比日月河山更重要更久长

2018. 9. 19　于甘肃宕昌

姑娘小英

小英去茶山那年

十八九岁，刚想完一个青涩的问题

刚换了一件花衣裳又觉得有点小

时间正被虚构，一闪而过的青春

早于杨梅出现于枝头

"青涩。酸。"

一树杨梅一开始就遭遇了表达

蓦然出现的青年由此有些口吃

小英在茶山

杨梅在树上

瓯海青年离开了家

杨梅红了

短暂的艳红催促着

更多的人下山

第一天中年人下到了山腰

第二天老年人行走在山脚

这一年

只有小英他们还在茶山顶上

自由自在，如朝阳

2018. 6. 5　于瓯海

在项珍茶场听王小明一席谈

小学课本中的小明
加了一个姓氏后
坐在我们的对面——

"手采的春茶营销国内……机采茶销到西欧。
茶已采完,如今是闲季。"

茶已采完,人就闲了
机器静默,茶园似在薄雾中
做梦

"菜籽饼做肥料……"
我也因此想起
茶园因纯粹而被城里人收进梦境

场长王小明,管大事与细节
起身,迈步
他走出了我们被小学课本武装的
想象边界

他谈茶叶栽培、季节、制作、市场
我们喝了他的项珍雪芽后
走在茶园中
看到走过去的古人陆羽，后脑勺突出
隐匿于云雾中

而王小明仍在说
"年产量一千吨"
此时，我们已走远……

2018. 5. 20　于宜兴

第四辑

///////

傻瓜的歌唱

雨，山中一夜

1

湿衣的林中人，双目十倍明亮
他参差不齐的牙齿
咬紧着今夜的黑暗

2

阔叶的两面更加分明了
朝上的一面
与朝下的一面
同样的安宁，却如此各异

3

青瓦是学习阔叶的典范
承接雨水的一面寂寞
干燥的一面同样寂寞

不一样的住客
醒着过了一夜

4

微分的事物越来越茫然
继续分出了青草上的雨
林中人停住，转身，告诉我

——就当没听见
就当没看见

就当什么也没经历过

5

梦见一个青年
他的背影不错

——你就这样
一直走
不要停住，不要转过身来

6

有人在内心移动
遇见局部暴雨

——我愿把所有事物都招来

与林中人交换
手中信物

7

在另一个地方
有一场同样的雨

不同的是
那里的另一个我沉睡
如死猪

2018. 6. 11 凌晨 2 点

极短章

1

敲了一下午的钟
一大群鸟飞来又飞去
真正飞走的
只有一只

2

他清晰地记着
一个海浪
打在礁石上

3

视而不见
视而不见
坐在地上时
又想起了一切

4

拉黑之后
他如此荒凉
信息搁浅
他如此荒凉

5

肉体是分离的
内有钟声
爱
欲念
快感

6

手插裤兜走路的人
平视
向前

一气走十华里
海风是他唯一的伴侣

7

——你是想说什么吗
——我没说什么
——你是在想什么吗
——我没想什么
——不可能

8

对面走来一个盲人
他否定了许多事物
否定了自己
否定之否定
——在他复明的那一刻
走来了另一个自己

9

一个村庄
一个省份
一辆雾霾中驶出的车
这一刻如此明亮

2019. 2. 14

芦花地

有一只魔鬼
离地三尺走过
芦花是他的脚印

一遍一遍走过
一遍遍走过
反复
反复地走过

——所以我来看时
满地都开着芦花

我也试着走过
比魔鬼多走了几步
来年，你来这里看
会有几处
罂粟花

2019. 1. 22

圣诞笔记集

1

爱在今日，爱在今晨醒来之时
爱不能忘，在愈来愈平静之时
未来之爱倒穿时间而来，无人知晓

2

记忆骑驴而行，多么倔强
告诉路边的萝卜地
乌云是天空的阴谋，在雷声隆隆之时勃起

3

在人民路旁，象棋残局尚无对手
过河卒子，比老将还孤独
围观者，焦急地用糙话裹着词根，击打市井

4

身体比精神勤快，这并不好

必须有一场暴雨浇湿他，冷却他
必须有空洞的日子来临，从容，不惊慌

5

按下了一个蹦跳的自己
还要蒙上眼睛，不然看得太清楚
在这个日子，歌颂懒散，就是爱

6

一对双眼皮，这些她身上最小的部分
在早餐晚餐时从身体上分出，放大
分到远处，又被大风吹回，附上翻滚的气候

7

网上又在热卖年末货品
孩子们在烟囱底下等待爱的礼物
眼前真美好，而未来会令人窒息吗

8

我之所以不告诉孩子们
我之所以在节日来临之际闭口不言
是因为，我所知的不宜说出，因为，爱太巨大

2018. 12. 24

冬天，我不做的事

冬天，我不做的事如下：
不看大丽花，不惦念热爱谋杀的黑寡妇
不读老旧书籍，不装作有知识的样子
不听大提琴，不把过多往事和盘托出
不去原野，不写意象密集的抒情诗

冬天有下不完的雨
——我不在某一个雨天沉思与入睡
坐在桌子前，我是如此的平静
此时，我不写长信
不诉说多年的日常，平庸的生活
不诉说流水账记录过的一切

这个冬天，也包括今后的冬天
我越来越不去做事了
做的事越来越少
甚至不去看望多年的老友
不瞭望外部丰富世界
——这是我与这个世界的深度契约

我只选择

唯一一种过冬方式

——做一个世界上最无聊的人

做一个无所事事的人

2018. 11. 26

大　鱼

1

我来，你看不见我
在大海，言辞已完全无能为力

当你已经无处不在时
我仍在，一条鱼与游魂

2

有时我回去，用沉默
扩大着体积与言辞的疆界

黑暗里
有一枚洁白、明晃晃的头骨
让月亮瞬间生了气

3

有谁叫了一声

那不是叫我，叫的是另外的人

生来就没人叫我
没有人给我喂食语言
我唯有在沉闷中成长，膨大

4

我喜欢的是
大海也要举起四肢

我喜欢的是
我与大海的交媾
极其盲目加之巨澜起伏

5

巨轮航过，风暴出现
闪电才是抑制了的喊叫

这样单调而坚定
一艘纵深推进的核潜艇
缺氧，向前，晕眩

     6

大海倾斜，涌起波涛
我仍在

时光死去，词语坍塌
我仍在

在大海中央，这一次
你要平静地感知

2018. 9. 9

向野鹿射击

他是一个野蛮人
刚获得了一把枪
子弹簇新，冰凉

野鹿闪过
皮毛紧绷，臀部浑圆
美比子弹更冰凉
它推动枪口
缓缓抬起

他的食指紧贴着扳机
他的呼吸与心脏紧贴着食指
砰的一声
他整个人被发射了出去

野鹿由此得到了他
——这个野蛮人
被这样的美瞬间击倒

高潮止不住地到来

唉，反转的剧情如此狗血！

2018. 8. 16

苹果树

假如我采摘完树上的果实
假如我转身离你而去
苹果树啊，你还有什么？

假如我带走你树上的飞鸟
假如我把爱情深深地埋葬在心里
苹果树啊，你还有什么？

姑娘已走，大风就要刮起了
树叶落下来了，爱情就要凋谢了
苹果树啊，你还有什么？

旷野上越来越干净悲凉了
我的心里越来越黑暗了
苹果树啊，你还有什么？

1992. 6. 8

第五辑

/ / / / /

错误简史

乌　鸦

乌鸦，乌鸦
——天上飞着一只
枝头栖着另一只
大白天里
一件一件的事物
睡在了你的羽毛里

另一些
没睡进来的事物
它们撒落各处
——燃烧

一些地方
用乌鸦建造大厦
用白孔雀做
客厅厨房

里面的姑娘
一个个早早成熟
而女人

正在加速衰老

有人打旁边走过

带着一个黑夜

回家去

少年的嘴里

在喊

——乌鸦，乌鸦

乌黑的暴雨里

少年们正用力地

把自己喊成叛逆的青年

2018. 5. 3

哑巴心

不说。不唱。
不歌唱，我更明了哑巴的心事
想说不说，如此幽暗宁谧

秋被唱得如此廉价，像被唱烂了的春一样
很多事物，一歌唱就掉价

唯有喜欢散步，孤独，不理睬
唯有去了又回，回了又去
唯有这样，抵达一个寂静之处
为保存一个字反对喧嚣，且用去了一辈子的荒凉

2018. 9. 10

路上遇见拖拉机

撇开玻璃、抑郁，及内心的比喻
我由此看到路上驶过的一台拖拉机

现实主义的钢铁、柴油
加上一个吃饱了饭的拖拉机手

词汇量突然扩大了好几倍
路上如此喧嚣，话语与事物一直在交叉互搏

一只单腿鹭鸶，从水边起飞
被我看到，我看到的是它的另一支空腿

现实中被空出的还有另一些
——某些心思，某些事物，某个人

今天，这一些，与拖拉机手并置
仿佛我也吃饱了饭，催促我抓紧去做应该做的事

2018. 4. 22 晨

雪

"你为何不高兴？"
是的，这场雪仅仅下在了
房子上树梢上地面上

我仍在期待的是

另一场雪
纷飞，又莫名

"如此寒冷安宁
往事永不再来"

2018. 2. 1

朝向大海

朝向大海的有：
缓慢转动的塔吊、一个集装箱顶上的若干个干活的人、
左舍民宿、民宿内的吧台、茶具、座椅、无所事事的人

朝向大海的有：
一个人长久坐姿后的几次小变动——
一小时前他看到过渔船远去
他的涌动似乎能够与海潮吻合
他的思维深处有一丛珊瑚
他仿佛坐过一座暗礁，在那里度过一整夜

朝向大海的有：
一座建成多年的码头、码头上稍纵即逝的事物
还有一个即将抛弃的虚拟时光机

2017．11．18

他有一把木斧

一个故事，常常从工具开始。
他有一把木斧，他的故事一开始就沉闷——
单身。年迈。靠山而居。
在水边抽旱烟，沉默，太阳猛照。

那么，是谁在玩时间的魔术？
从身边溜走的又回到了眼前？
注视一把木斧，难道比观察一个女人容易？
不是的，当木斧的光阴被他拥有
事物的复杂度是多么地令人头疼！

多少人对这把木斧无动于衷。
多少人生活得安逸又舒适。
他拥有木斧，他像木斧越来越无用。
他长年佝偻着身体，一天又一天地抽着旱烟。
他拥有木斧，像木斧拥有他。

这样写木斧，会涉及更多的事物
——时间。贫穷。沉默。质朴。深远。
他穿着的球鞋已经残破，他的头发已经打结。

他的居所再也没人来过。

他的居所，堆满无用的东西。

讲述这个木斧的故事，困难，索然

曾经劈开——空气，水，时间。

又消失了——空气，水，时间。

这笨拙的一刻，历经几十年。

此时，他抬眼看了看，他拥有木斧

这一刻，多么安宁，广阔……又多么地

——远离了我们！

2013. 6. 13

像海浪，也像风暴

在诗集 199 页，拉金写道：
"日子里，花开了，鸟飞了"
又在 201 页写道：
"虚无，乌有，无穷无息"

而此时，我坐在海边
仿佛在茫茫起伏的波浪中植树
内心的愿望弥漫、激荡
此时，遥远的洋面上一个风暴正在形成
——爱一个人就在此时
像海浪一样拥有她
像风暴一样占有她

有时迎风站在海岸上
想起亲人一个个地走远，消失
有时飞鸟过来翱翔补充
我的思想却早已远航
带去这本诗集与一整年的爱

在大海起伏的中央

风暴也平静了下来

——直至你我永不相见

直至拉金出现，他带来句子

放在你我中间，如高山，也如大海

寂　静

给寂静取名字。
萤火虫（荒野上）。早年的杂志（文学类）。

午后的干枝条（堆在屋檐下）。

一条鱼从空中飞过
无声。怪异。
我的记忆中唯一奇异现象。
——其实我已失忆许多年。

今年一整年，我都想不起任何人。

2018. 4. 18

错误简史

它原是一匹白马，写着写着
就把它写黑了
都是因为在深夜里写
写盲目，宁静，长长的气息
写它脆弱又固执的怪脾气
这促使凭空多了一个黝黑的事物
被深深地写进黑夜最深处
直到写出满地错误

这些错误如此奇异陌生
一生只遇见它们一次
或一生都在黑夜最深时分
——如此突然，盲目，失忆
有如握着一个霍金，逼他从白到黑
再写一部《错误简史》

之后，带这部简史进入黑夜
（抑或它本身就是庞大的暗夜）
黑马可能不是黑马，黑夜也不是黑夜
它的动荡的内部

——母性托着舒展的腹部
而我则什么都不见，如此盲目

若黑夜有火燃起
必是这匹先白后黑的马，黑色丝绸一样的火焰
判断它，得忍住耳鸣，方位清晰
忍住它的性感，忍住它的灼热的内部
直至有淬火的工具再被锻打
直至黎明降临，有人等待歌唱蓬勃的朝阳

2018. 3. 21

雨夜，马

漆黑的马，在漆黑的雨夜里。
漆黑的雨夜里，盲目的我
仿佛礁石摸不到大海也摸不到暗夜。
仿佛一去不回。
一去不回，不消匿。

被法西斯宠坏的小专制主义黑马
我必须摸遍整个黑暗的大海
才能摸到它。今夜是第一夜
我在距它一百公里之外摸暗夜的一角。
我知道，它比我走得快多了。

我怎么摸得到它。
好在这是一个雨季
它简直就是漆黑雨夜的一朵漆黑的云
裹着漆黑的湿漉漉的丝绸。
它让雨势更大了。

摸着同样湿漉漉的暗夜的一角
我知道它走不远。

尽管我离它还有一百公里。

因为，我也同样湿漉漉。
我摸着漆黑雨夜的一角
我即将倾塌，同样满足。
因为我知道，这匹小专制主义家伙

它根本就没走。

2017. 3. 25

我好像跟着落日走

我好像跟着落日走
又好像迎着朝阳走

这样走着，沿河而下
这种走法好像有点诗意

沿途走得无聊了
会想起某一些事
从中再想起一些具体的人

渐渐地，改叫沿江而下了
这说明我已经走了许多天了

我再不是一个曾经拎水桶倒水的人
我忘记了自己为什么而走
我已经经过了许多个村庄、集市
沿途我不认识谁，同样的，谁也不认识我

若干年后，曾认识我的某一个人
说起我

他说，某某人啊，就是一个无聊古怪的人
此时，我正在某一处
无意义地晒着太阳，昏昏欲睡

2018. 2. 22

去山中

去山中。相当于
把一块石头
抛掷于脑后
掷得远远的

这样，风从头顶上吹过
吹落一片新鲜的阔叶
翻转，软刀子一般
带着山中特有的静寂
有力而迅速地
削掉过多的烦躁

直到一日日
反复地
倾听流水的喧响

直到，有时间也有心情
反过来
歌颂人间的烦恼事

2018. 2. 19

一朵云

架起云梯，上去抓一朵云下来
不是为了给你做棉袄
而是为了证明它是一个惊慌的逃犯

如果是一朵乌云
它带有雷电的情报
或干脆是个纳粹的儿子
在另一矩阵中藏着
党卫军袖章

大路上有个穿雨衣的人
他时刻准备接受一场洗礼
他的头脑已被提前洗净
他太洁净了，他
几乎就要干掉还有一点点肉欲的自己

还好，现在的逃犯是一朵白云
只有一些轻飘的幻想
只有一些可爱的小心思

但是你看，天空蓝得奇怪

那个穿雨衣走路的人

使得蓝色发出了剧烈的颤抖

2018. 2. 20

在一座山下我们谈论了什么

一座山，远看像夫妻，近看像雄鹰
再靠近点看像乳房
即使很像很像，我也不愿谈论它
那时，我与孟秋在山前喝茶
谈论一些日常生活中的荒诞部分
谈论同学同事地域
其中谈论了一次胡兰成
我说胡兰成在山中的中学教过一年多的书

之后谈论徐星、刘索拉、张辛欣、朱新建
谈论韩东、小海、赵刚、于小韦、夏志华、王端端
谈着谈着，太阳滑向了西边的山顶
喝了整整一热水瓶的茶

孟秋这些年写了很多诗
建立了一公众号专在别人熟睡的深夜发诗
我偶尔醒来在凌晨看到他的诗突然地浮现
最后我们谈到台湾《创世纪》诗刊
谈痖弦管管谈二十世纪八十年代初《台湾诗选》

直谈到太阳下山
山影黑了
我记起了之间我们各自沉默了十余分钟

我想不起这之间自己想了什么
也想不起其余时间里我俩更多地谈了些什么

2016. 9. 8

独自走在保定大街上

午后的保定
像一个
被遗弃的私生子
我像另一个
私生子
在大街上晃荡
抬头看
满街的
驴肉火烧招牌

保定市区
280 万人口
外加许多流动人口
我却全都无限陌生
走在保定大街上
走在阳光南大道上
走在百花东路上
此时，全保定
只有一个人

———— 一个

自私、浪荡、无知、孤独的我

2017. 9. 10

晴日大海上一场大雾

辽阔的大海一览无余。
而我心里有一场弥漫的大雾
它笼罩了整个天空与大海。

有一头必然的大象涉雾而来。
如此孤独，缓慢。
雾中有长句，没有一句描述它。
"大海波涛汹涌，如此广阔"
——这短句仍然与它无关。

在明丽的晴朗之日，它这样涉雾而来。
像极漆黑之夜我爱的一个女人。
像极一场傍晚落日。

我从来看不到多余的事物。
我只看到它，巨大的身躯
自大雾深处，由远而近
如此孤独，坚定，缓慢，决绝。

一头大象，穿过晴空。

一头大象，带来大雾，走动。

有着傍晚落日的悲壮。

一场大雾，在我内心，一百年。

2017．9．6

在马致远故里

这一日
——在中国沧州
东光县于桥乡
马祠堂村

这一日，一阵秋风

删去一个元朝
删去一个沧州
删去一个东光
删去一个于桥
删去一个马祠堂村

剩下一座
上了锁的马氏祠堂
这一刻，祠堂也在被删去

剩下一个
马致远

唉，孤孤单单的

——马致远

2017．9．8

在端午，我就不纪念屈原了

在今天
你们都在看划龙舟
在吃粽子
外加歌颂屈原

有这么多人纪念屈原
因此也就不差我一人了
剩下我可以无所事事了
日子还长着
我也还会在其他日子
偶尔想想屈原
（更多的是想另外的一些事）

今天就不去想他了

在今天我放松自己
坐在远离人群的地方

在今天
我确实离群索居了

2017. 5. 29

如烟云，如水滴，如测不准的明天

向日葵

向日葵边上的女人
无数的籽粒使你愈加饱满
此时，所有人回家
而你留下
——增加天空的阴郁度

你留下
连接回不来的无限路程

旁边的向日葵低着头
黯然神伤

梅花赋格

如果用文字做梅枝
这相当于用米饭营造饥饿
当一个女人从旁边经过
于是就理解了她的过往

如云烟
如水滴
如不测的明天

直到石头上开出
一朵一朵笨拙的梅花

杀　手

月色特好
杀手的眼睛特明亮
十里之外
有人颈项白皙

乌云飘来
遮住刀上一抹锈迹

一个杀手
备份了整个世界

两个人

桥洞里吐出两个人
两个人形泡沫

俩人武装了这座城市
武装了
时间片断中的另一些人

而桥下的流水啊
日日夜夜地
流啊流

2017. 5. 25

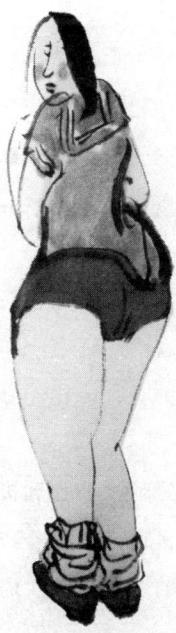

微小的毒

　　　另一只

他的一只耳朵已聋，另一只
的神经，埋在更深处，埋藏着的拒绝
比那只聋耳更聋

外面的冷漠，夹着微风临近
饕餮过多的言语，还有一粒细砂，在颤动
它逼近唯一的听骨，比无知更无知

还有一小截黑暗，缩小到极限
它顶住一个言词。它冰冷、准确
等待着突然的击发，一次痛快的消灭

另一处的黑暗中，传出一声狗叫
——内心的振动
喂，喂，一只无用的话筒，挂在墙壁上晃荡！

你与他

你的脸，深埋着的一种想法
被牙床抬高，被丑陋捆扎
被俯视，被唾沫掩盖

还有一个运输能手，他搬来词语、厌恶
他多么自以为是，坐在拖车上蜗行
他大声地快乐地嘲笑
甚至有次，他趴在地上
把一只狗的叫声模仿得惟妙惟肖！

你与他，南辕北辙，相互对视
从早到晚，从不停息
哦，为了你们，我赞美！我快乐！

台　阶

往下。再往下。人往低处走。
无耻的台阶。

一级。二级。三级……

当我羞于说出，我来到了第一级台阶
当我咬牙切齿，我来到了第二级台阶
当我叹息放松，我要继续埋头往下走

往下。一天就是一年
现在。我坐在最低的一级。我喝水，解手
唉，人太多太多。我必须制订有关无耻的条例和纪律
速印一百份，上传到第一级
——你们看吧！看吧！

现在。台阶已扩大到九十多级
哦，我还必须继续往下走！

微量元素

微量。元素的元素的元素
血中的狮爪。针尖上的焦渴。
克制深处的无理。

—— 一年了。一年移动一点点！

别字出现了！长年累月的书写中
一个热衷于长跑的精子，它热，它摇晃
它在显微
但是，它小。它向反向脱颖
"噜"的一声
我只看到它留存的唯一一件白色的外衣！

之后。无声无息。

十年后的一次写作中
看呵！我的一首十二行的短诗中
出现了那么多个错字和别字！

毒昆虫

小。小昆虫。小。一只小昆虫。
元素的另一只眼
一次深深的微小的叫喊！

发黑的性格，使我费于猜测

它——爬。跳。飞。

"1、2、3！"血液中的数字

仿佛来自军队的行列

夏天已过。

它的小小的尸体被风吹走

我的体内保存了它的微小的毒

我疼！"1、2、3！"

——这是我呕吐出的唯一的有关数字的声音！

第六辑

///// 大海记

大海记

1

大海上有一条船。船上有一个人。
他从未原谅过大海。
剧烈摇晃的海浪，一视同仁。
海岸上的炊烟，一视同仁。

在茫茫的大海上
他精疲力竭，对所有的事物一视同仁！

2

有人组织了文学社
他们准备扎扎实实地空洞地写大海。
直至阅读海明威的《老人与海》。
还有人沿海岸线走了很长时间。
他们仍然是一个可怜虫。

村庄里有咳嗽声。止痛药。
乡村诊所透明的输液药
沿着病倒村民的血管迅速在奔跑。

3

母亲向我描述过我向别人描述过——
五十三年前大海的风暴夜
一条船在返回的途中在海上倾覆。
十四个熟悉的村民。
十四张熟悉的面孔。
——被漆黑的风暴交给大海。

抱着船板漂回来的
全身泥泞的两个幸存者。
他俩带回来的悲凉
使整个村庄绝望漆黑!

4

有什么可和解的。
生活深处,人际深处,就是大海深处。
而大海抱紧牡蛎。命运有如鼻涕。
一个又一个的坏天气里

男人们总是恶狠狠地揍自己的儿子。

他们，再在深夜狠揍自己的女人。
此时的大海上风起云涌！

　　　　5

多么不愿醒来早起。
客轮划过大海昏暗的皮肤远去。
村庄与满船的乘客无关。
村里林姓张姓的人四散在海上。

女人担心丈夫一去不复返。
深夜，饱满的乳房乳汁四射。

　　　　6

海上更远处的那些事，我从来不知。
鼻尖底下的事我也仅知少量。

……我仍然要知船上的细节。
我仍然要知村庄的细节。

                    7

我的同龄人：顺果开拖拉机。建运
一家外出经商几十年。顺曹一直在乡医院
当医生。华俭当了村支书。

我的同龄人：顺力得了甲状腺癌去世已数年。
张银于十年前睡觉猝死。顺者出海捕鱼溺水身亡。

我的另一些同龄人，已经不再出海。
他们星散在国内。包柜台卖服装。
年底回家，或赚个钵满盆满。
或一身债务，两手空空。

                    8

风暴刮过洋面……

岸边搁置着废弃的船只。

四散的人群又回到村庄。
海面上波涛汹涌。孩子们迅速成长。
年轻人的面孔越来越陌生。
世事辽阔的大海，我渐渐无从知晓……

　　　9

……没人告诉我谁家添了新丁。
……没人告诉我谁又走了。

我已经完全被人遗忘
即将沉入大海。

——看，人事苍茫而春风浩荡……

2016. 6. 7　深夜

在海边巨石阵中

我对海岸巨石阵的放心是真实的
所以，我沉默，不说话
直至不回想，不思忖
只是望着辽阔的大海
听海浪的声音，哪怕有时平静得几乎没有声音

对面的岛屿也很平静
在视线里若隐若现
仿佛没有过以前，没有过曾经
唯有眼前的巨石、海浪
唯有天边的晨曦、浮云

那么，早安
从问候空洞虚无的辽阔天边
直至问候脚下的一粒沙子
直至问候之声被风吹去迅速消失

巨石依然，海浪依然，岛屿依然
一切依然，仿佛从未改变
我穿行于巨石阵中
一声早安之后，秘密的自由刹那涌上心头

有一次我错看海上的月光

波浪的躯体使大海幽暗。
我以为我的心是一个敏感事件的器皿。
其实我常常错看四周的事物。
直至有一次我错看海上的月光
同时错看一个又一个波浪。

唉，我就这么又一次错看事物
连大海也没有及时纠正我。

你以为我错得美妙
你是太相信鱼美人的传说了。
跟你说实话吧
其实那晚根本就没有月亮。
其实那晚根本就没有月光。

而我也根本不在海上
我只是自己的一个波浪的躯体。
说明白了这一点时
我心幽暗。

此时，有一个女人打我面前走过。

此时，四周刹那堆满了更幽暗的事物！

2016. 8. 24

在茫茫大海上我无法自证

我在正午的船上，正午的船在大海的中央。
四顾茫茫，无尽的大海，无尽的波浪。
我还没看清这一个波浪——
下一个波浪已经扑过来
而下一个波浪我仍然没能看得清……

那么我看到的真的是波浪吗？
谁知道我此时置身于大海？
他们只看见云朵在天空飘荡。
包括我，我也没能看见大海上
以及天空中更多的事物。

此时，我想起一个女生
她有一只哲学兔子
她用一生证明那只兔子。
灰兔，白兔，棕色兔，黑色兔
为什么我从没看清过她的兔子！

此时，思维就是一个摆设。
我已无法联系上任何一个人。

无人知道我置身何处
无人知道我一生的经历。
无边的大海，无边的集体意志与晕眩。

一如我从来看不清兔子
我又如何证明无边的波浪与大海
如何证明大海之上的这条船
如何证明我此时置身于大海之上

2016. 8. 22

把斑马钓上船

夏天就要过去
一匹斑马还未钓上船。
你要知道，这一整个夏季
我都在海边，与一条旧船为伴。
因为我要钓上一匹斑马
尽管海里根本就没有斑马。

因为想好了，我无论如何都要钓上
一匹斑马。那是一匹
漂亮的纯种的斑马。
它有着一双忧郁的黑眼睛。
有时我握着钓竿，哼着歌
像一个有着二十年海钓经验的老手。

我相信海鸥会带来斑马的消息。
海鸥太像斑马派来的
看到海鸥我坚信海里一定有斑马。
我钓了整整一个夏季
台风过后海面出奇的平静
平静得似乎斑马马上就将出现。

其间我收到一封远方来信

询问我的生活我的情绪我的夏日垂钓消息。

他说，也许你已经钓到了斑马的一部分。

唉，是的，我也许已经钓到了

斑马的白色部分

——这部分原就不为我所知。

现在，秋天来了

我期待着钓到它的深邃的黑色部分。

大海上，被修饰的一刻

当我在大海上说出大海一词
我有理由视礁石为语法
尖厉，固执，甚至有着黄昏的黯淡
它在大海的包容中倾吐海浪
在风中坚守来日的可能

当我来时，我看到一只海鸟从礁石上起飞
它留下些许虚幻
礁石因此仿佛新刷过的牙齿
那么，这有关大海的语法到底是新还是旧？

倒是此时置身于大海上的人被修饰
穿上了一身全新的衣裳
远望巨型油轮驶过，痕迹发亮
而与鱼类并置时，又仿佛前语法时代
幽暗，回旋，稍加粗暴

远处的那座花鸟岛，花鸟交错
有一座百年灯塔
这是大海修辞的温暖部分

当它投映于礁石，以及悠长起伏的海浪
当它的光芒于黑夜亮起
当我回望以往时光，才知体内一些永在的东西
一直对应于大海的语义

比如：盐……信念……情爱……
以及：原初的良善……有时也算宽广的胸怀

2016. 9. 25 下午，花鸟岛——嵊泗海船上

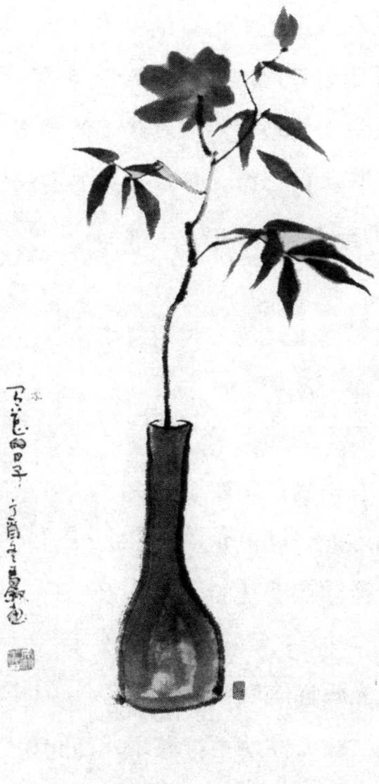

在花鸟岛，看一条渔船远去

清晨，我看到过他们忙碌的身影
那一刻我还想着内地的一次旅行
想前些天的一些琐事，以及琐事的琐事
一想到这些，自己像一个快破灭的泡沫
而眼前的他们，此刻正爬上渔船

待这条渔船远去，我才收回思绪
才回到大海上来
渐渐的，看不到船上的人了
渐渐的，看不到这条船了
我只看到远处一艘巨轮
像玩具一样泊在茫茫的大海上

当我把目光收回到脚下
看到海浪一波一波地拍打海岸，如此无限
——拍打过海岸的海浪，同样拍打过巨轮
拍打过巨轮的海浪，同样拍打过渔船
拍打过渔船的海浪，同样拍打过天边的朝阳与落日
而渔船已经远去

我这才想起刚才他们一共三人
他们先把肩上的东西扔进渔船里
接着再爬上那条渔船
接着就航进了茫茫的大海中去了

此时，早已望不见这条渔船了
它该已驶到了海平线的那一面了吧
但我还站着，还站在海岸上
此时又重想起一些不知是眼下的还是过去的事
其中就有早已驶远了的那条渔船
与船上的三个人

在这一刻，在嵊泗花鸟岛
我，也是一个心事浩茫的人了

2016. 9. 29 凌晨一点

浩荡的秋风吹过大海吹过花鸟岛

在海上，花鸟岛外，秋风起时，我想到了一件悲伤的事
想起三十年前的一次吵架
时间是另一个大海，沉淀了那么多的往事
而我只有这一件记起，这一件只是一件小事。
那么那些大事呢？我为什么再记不起了？

往事也太浩茫了。往事占据我的头脑太长时间
我似乎一直在等一场秋风乍起
尤其是在茫茫的海上，吹空我的头脑
那些往事，人名，交际，让我想也想不起。
无限的海浪，只推送给我一件小事的记忆
也许我的心只有针尖那么大
对特别小的小事耿耿于怀，也许我生来就是如此

那是一件什么样的小事呢？也许为一张废纸没及时扔掉。
也许是为一个不喜欢的人。也许为一句不恰当的话。
如今来到了花鸟岛外的大海上
秋风从海面无意义地吹过来
我不会剔除这一件小事的记忆。放着这么一件小事
证明往事之浩荡之浩茫，证明我一旦放下这件小事

我的心胸将真的如大海一样开阔

秋风吹过海面，秋风吹过整个花鸟岛
我想起这件小事，却不再悲伤
被秋风吹过一遍的我的头脑，有着大海一样的澄明
许多年后，其余的全都再次遗忘
唯这一次短暂的花鸟岛行旅
将与一件小事并列于我的茫茫记忆深处
——唉，一件记忆中的小事简直就是一整个大海！

2016. 10. 2

在博鳌寻找一个不吃早餐的人

他是众多不吃早餐的人中的一个
一直淹没在俗世生活中
不吃早餐，赖床，心思杂乱
喜欢分享时政话题

鸟叫来得太形而下
叫得树都乱得要飞起来
他庆幸自己控制不了这种
日常的自然情景

窗外有条万泉河
在此汇入大海中去
这似乎与他没关系
又似乎要带着他去向太平洋

在博鳌，太阳照常升起的一天
他知道自己太松散
像河水悄然入海
早已忘记了早餐与更多吃早餐和不吃早餐的人

2016. 5. 18

一个口吃的人写给南海的一首诗

我一直口吃。口中坐着三个群岛
——中沙，西沙，南沙。
当我不说话的时候，我的思维会停留在曾母暗沙。
它们构成了我卑微的语言边界。

吃饱了饭，我想起它。
歇着的时候，我想起它。
我是一个口吃的人，口中有着太多的兄弟
绵长的汉语使我节奏缓慢。

其次，我工作，做事，生儿育女。
常常与一些朋友喝酒，交谈至深夜——
谈生活中的琐事，牢骚满腹
谈遥远的边地形势，情绪激荡。

直到有一天，我坐在南海边的一块岸礁上
谦卑地问候遥远浩茫的东海、黄海、渤海。
我就是这么一个卑微的人，说着卑微的话语。
此时，我的口吃又增加了一分。

我从对亲人的十分挚爱中分出一分

与这发烫的汉语一起，给我的祖国，给这片辽阔的土地与海疆。

2012. 6

大　海

独自一人
漫长一夜

不想大海不可能
想大海又不知
具体想什么

大海耸起波浪
床上升起想象

礁　石

海浪永远如新
礁石永远如旧

你爱我是新的
我爱你是旧的

这一夜
十三亿人中
只有一人
在谈论
你与礁石

船

深夜，一条
与我无关的船
打海面上航过

大海是一面之词
黑夜是一面之词

我是一面之词

问

问海风
问海浪
越问夜越黑

漆黑的夜里
面向右边
问一切黑暗的
事物

那么多事物中
唯有你说
大海中央有一条
发光的鱼

2018. 4. 17 于温岭石塘

第七辑

惊慌追赶

暴雨来临

暴雨将要来临。
他在一个屋角坐着
这时还很平静，风还没吹起，乌云还未堆集
血液正变成蓝色，缓慢流淌。
内心也过得像一段梦境。

太平静了。他从口袋里摸出一个"乱"
要把"乱"字摁入生活
但是它遇到了身体的抵抗，遇到了盘踞的敌人
它因此落到了另一个人那里
——那个人身带疾病。
——哦，暴雨将要来临。

暴雨将要来临了。
他走不出这座房屋。
灯光装饰着房顶与四壁。一切像原初那样安静。
只有那另一个人像蜥蜴，瞬间不见！

屋外的乌云开始增厚，变暗。
风吹大树哗啦啦响。

他仍然坐着，安静得可怕。

此时，另一个人，来到云端，他想起——

带走了"乱"，却把一个闪电留在了屋里！

暴雨就将来临

——暴雨！暴雨！暴雨就将来临了！

2011. 6. 13

动车朗诵者

朗诵者进入动车组车厢。

在这之前，他很小资，时常忧郁与哀伤。

生活一直是慢车，有时晚点像一个发馊的面包，而他则自带诗意。

他多少次想象着

更快的高速列车，闪亮的钢轨像铺了猪油，动车呼啸着向前。

他收集了太多的汉语音节，在街道，在居室，在阴天的乌云下

他的身上挂满了它们。

但汉语更热爱其他：粗话，唠叨，油面筋和失败的日常。

他气喘吁吁，追赶着更多未知词汇。

他看到一个人，张嘴——"啊"，张嘴——"啊"。

那个人，半天只重复这么一个简单的词语，那个人是个落后分子。

再过六十秒，动车就要向前开了。

他挤过走廊里放行李的旅客，被他挤到的一个旅客大声责骂了他。

他突然张口结舌，所有的词汇都不见了踪影。

这时，他愤怒地张开了嘴

他张开了嘴

"啊——"

从此，他再也没有了下文！

动车呼啸着向前，带走满车的旅客，带走无法表达的词汇
带走一个来不及朗诵的朗诵者！

2010．9．5

船舱里，一个兄弟

一条船，停靠在江边。
这条船空了。
艄公已经回家。一个艄公的半生也空了
——船舱里，又空又安静。

船舱里，仍然有一个人
他不是艄公，是我的一个虚无的兄弟
他除了热爱江水与空气，更加十倍地热爱虚幻的事物

我看不见他。我只听见微风中的声音——
"你是我的兄弟，你要缓慢享用艰难的情谊。"
在我身后，未来的时间里
一桌海味山珍等待着落座的人。
但是他不会来
他坐在空着的船舱里，吃着空气与时光。

另一条满载的船，一船欢声笑语，从江心远去
它带走了我的俗世欲望与前半生的浅薄生活。
我捏着自己的肋骨，重新寻找看不见的兄弟。
这个兄弟

—— 一半在船舱，一半在未来。

还有一个我。我是他的另外半个

保持虚假的俗世姿态

——抽烟，喝酒，吃肉。缓慢地走着。缓慢，缓慢地走着……

2011．6．10

惊慌一刻

经过了这么多事，我没有理由惊慌。
我从老虎身边走过，再在天鹅旁边逗留
我都装作无事一样，用平静如水的心情对待眼前的一切。
呼啸而过的一列火车，里面坐着一个同样的人
列车不断向前，他复制着冷清的站台的假设。

众多的想象中，还有更多的假设
——掀开巨大的幕布，里面空无一人。
——在金黄的土豆滚落前，他早已吃得大腹便便。
——回首一瞥，笑容停滞并且发蓝。
——坐上火车回家，遇上另一些事物与假设。
——哦，太糟糕了！连假设也被假设！

就这样。我就这样走在假设之中——
我有一个强大的假想敌
——他与我距离遥远，他就是那个乘火车的人。
与我一样，他想象着走在假设之中的我
他乘着列车呼啸着前进，却有一颗后进的心
他的这颗心与我并列走着，走在去往未知的道路上。
我看到，这颗心，有着蓝色无声的面目与巨大红色的欲望。

——此时，只有此时，我惊慌！

——此时，我惊慌！

2011. 6. 8

追　赶

远远地看到你，满头大汗，气喘吁吁。

你的奔跑惊动路边灌木。

而在你前面的人，他的跑姿比你更糟

他追赶一碗米饭，追赶一场来不及恋爱的失恋

他体内白云飘荡，而头顶乌云翻滚。

你们的身后，一场大雨不期而至。

这场雨中，有个早早出生的婴儿

他双目紧闭，内心纯净。

他真诚得不可信，像谎言。

他追赶你们、时间、幸存者。

他追赶着整个河山。

整个河山反过来在追赶着他。

野兽、乱石、朽坏的巨木。

你们在跑。你们跑不掉了。

在奔跑的队伍中，有一个人突然停住，弯下腰来

对着路边的灌木说——

"我就要死了，我不跑了。"

此时，瓢泼大雨冲毁了整条道路！

2010. 2. 24

感 冒

一场感冒来得突然。
疾病的风景慢慢爬到表面。
我对你说，我来了。
我来了，我用几天时间把事情加速弄乱——
把气息憋在皮肤里
把语言弄大，声音空洞
把细小的病毒挤进诗歌里。

一双发红的眼睛盯着你死看
逼得别人去怀念一个落魄诗人。
而草木上坐着一个鬼魂
上面滴落一滴露水
这发烫的凉意，要凉遍人间。

当然，也难得有几分钟时间的眉目清醒
可以把感冒当一支烟抽掉
加速度发布即时消息——
多么难得的一时通畅
在这一刻把世界看得像一块玻璃
透明，虚幻，还有一点点的诡异。

还有更多过剩的东西

被搅拌。此时，一生的软弱被提出。

在我闷头大睡之时

世界已被及时更新！

2010. 2. 24

夜　饮

多么的暗，多么的黑，零时二十分
我与酒与兄弟并肩而坐，夜是一个更阔大的兄长
他要把情绪与黑暗揉皱给我看

我们把夜喝得更黑，把人生的一个角落喝热，把女人喝到一
　　旁生闷气
她是一颗星，我们越喝，她越遥远
我们越喝，一颗星变成三颗星

越喝越深，把一个我喝成三个我
第一个空洞，第二个糊涂，第三个悲伤
我手捏这片悲伤的乌云走在街道上
——"兄弟，再喝一次酒。"
——摇晃的大地，这时倍加热爱汉语。

2010. 8. 28　夜

3月27日，长城

半年以前，3 月 27 日。我从德胜门乘公交去八达岭。

车到昌平时速度还是很慢

一慢慢到了现在。半年中我的行为也比以往慢了许多。

今天我更慢。从家里到单位的五公里路走了差不多两个多小时。

所以我一坐下就想起了半年前去长城。

长城是又长又破又弯。人走在上面又小又慢。

站在长城上面，望得远。望得远又有什么用。

现在我坐在办公室里只看着鼻尖底下的电话、电脑与杂志。

如果我搬回长城的一块砖，我也只是看着这块砖。

只有长城让我更慢。慢慢地想。慢慢地思。

慢慢地白头、老去。慢慢地把一年一年的时间过下去。

3 月 27 日那天，有人从长城上下来，我从长城下面上去。

我从长城上面下来了。有人又从下面上去了。

要是到了冬天，长城上会覆满了雪。

只有这时，如果有人登上长城，他会：

"嗤——溜——"一下从箭楼滑到长城下端凹陷处。

这唯一一次的快，他愿意吗？

2010. 9. 1

山冈上

到高山上去体验空洞。

到达顶点，一眼望去，另一边是空空的蓝天。

那一边又陡又空，空得害怕自己一不小心失足掉下去。

脚下的杜鹃一簇一簇，它们擎着的红色有些大意

只有边上的一簇紫色是小心的，是它增加了空气的饥饿。

现在，山冈还在顶着空气。

我的肺活量小，我的胃口却很大。

空气生出的儿子，瞬间就饥饿。

低矮的松树，已经饥饿了几十年。

还有那些酸性的野花、野果、野草，我越叫越饥饿。

在山冈的顶端，迎风而站，拿石头当饭。

有雾气逼近，想起友人的一日三餐

想起他们在时间深处吃饭洗澡做爱。

在山冈上想人间，杜鹃花就更红了，红得庸俗又可爱。

不久我就将重回人间

带回一身的空洞，带回放不下的自满。

我会在人间

从今天开始，保持一百年的饥饿
因为我一直放不下——
山冈那边，一片空空的蓝天！

我要去向什么地方

我跟在一个盲人后面，从一个地方到另一个地方。
我是他的长句，是他身后无理的注释
我吃掉一些词汇，摸出一只眼睛与他对话。

他说：该死的天空。
——路边的石头比我先听到他的话
念头敲向黑暗中的空隙！
我左边的口袋，因此装进一个肮脏的闪电。
这样期待着下一刻：一个沉默者的战栗！

我在盲人的后面，向时间倒卖两人间的距离
卖掉了快，再卖掉慢
这之间，心跳了两下，背影从他的背上滑落。

就这样，黑暗穿走了我的衣裳。
光明也同样穿走了我的衣裳。
我遇上的最后一个雷霆已再没衣裳可穿。

哦，盲人，我再也看不见你
下一刻，我要去向一个什么地方？

高山下

我走了一整天路之后，高山出现在我的眼前
它为什么这么高，这个问题我已经想了近一辈子
要不要再继续想下去，我一时不能决定

在山脚下，我意外地抱紧了白天
抱着一头棉絮似的云豹，这是我自私心情分配出的爱
用平淡的语言锯深牙床，招呼一个老人慢走

我还庆幸能够想起另一些事
这些事不大不小，在高山下它们简直不是事
我只能拿它们与流水比，获得一小时的喧哗

我还要想一些更小的小事
用它们驱赶我内心的麻雀
让它就此飞向高山，直到我看不见
直到青草没向山坡，直到谁也看不见！

流水向后

二十年前我已经开始减速——
注意一张废纸的飘落
色彩减到了黑白，呼吸吹重了自己
流水的放大镜把时光搅乱

一只蜜蜂落到我心里，它接走了我的言辞
一种陈旧的创造在我体内弥漫
我长久地在一只狐狸旁停留，旁若无人、停滞不前

老家的门牌换成了蓝色双数
春天燕子飞来，带来新羽毛的荧光
——唉，我几乎平庸了整整一年！

哦流水，你向后，而我则在继续地减速
二十年后，我平静地站在岸边
感谢你带给我再次的平庸与落寞！

湖　畔

几个人走在湖畔，其中一个有着不一样的心肠：
我看到了这个专注看湖的人
—— 一脸的严肃，僵硬的姿势！

这不是他的湖！
小水波激起人间的愧疚。
只有我，一直等待着他的愤怒、转身和离去。
树上一片将落未落的树叶，测试着我的空前耐心！

天空无力给他一丝微风。
自然也一样，自然分不出一丁点的刀锋和色彩。
他离开。平静地离开。
他的倒影还在湖面
——被压抑的波浪。我明天再来听它的喧哗！

山　间

一支喇叭把我送到了山间。

腐烂的落叶、禁烟令，沤烂了情感。

一株高大的杉树。

无数株杉树。一大片杉树。

软弱的松鼠，正把一枚松果悄悄深藏！

此时我是自私的，左手摸着口袋

用面前的一片黄叶对比折叠的书信。

不阅读。不起半点波澜。

来到了一条小溪旁。

我仍然不去回想我的前半生。

骨骼与肉体的清凉，削薄了情欲品质！

一条山路继续向上延伸。

它抬高了运输成本。唉，骡马队！骡马队！

暴雨天

枯树用死亡低语。
柏油路在羞耻中加深色泽。
紊乱的天空，乌云的肉体。

急速返回的路边女，她们迅速进入黑暗！
哦，她们转身。她们在转身中肥胖。
暴雨的手指，陆续敲打着门窗。

黑暗的旗帜。晾不干的花衬衫。
情欲洗亮了未来的孩子。

暴雨！暴雨！低空里乌云翻滚的进行曲！

三段式

一是文字。一行写不出的长句。

它描述后退。后退者看不到最后一个字。

一只蚂蚁顶着否定过来。它招来更多的蚂蚁。

蚂蚁在数着蚂蚁！

二是姿势。倾斜着身体抽着卷烟。

在烟雾中我与无数的人交谈过。

你看，在室内，在大厅

我已记不起任何的人！

三是健忘。云朵忘记云朵。

石头忘记石头。钢笔忘记文字。虚无忘记虚无。

我用一生忘记我的一生！

持　续

持续。这一天
波浪持续波浪。昆虫持续一点点的欲念。
灰尘举起细爪，在时间中扮演微型甲虫

有一些书坚持着竖排的叙述
它们的纸张已经发黄，并且多么容易看错行
比如《扬州画舫录》和《夜航船》。

只有王一民还在持续夜读
他的声音低沉，不很亮的灯光照在他的周围
他小心着字词的间隔和本义

天一亮他就要返回生活
刷牙、洗脸。这样地持续下去
消磨多余的生命！

夏日声音

舌头上压着块石头，我的声音抬起它
——在这个夏日，我要说起你。
空气的味道蜂拥而入！

昨日我还是个哑巴，狠心吞下了多少嘹亮声音！
曾经收紧语言，要运送到伊拉克去
那些天，我内心的鬼魂
坐在云端上收集雨水、名词和情欲

子弹头列车驰向远方
而铁轨，这对沉默的恋人把时间拉到眼皮底下
滚烫的阳光敲打耀眼的长长的顶部
我感受着瞬间的辽阔、欲念和冲动！

明亮的烈焰在深山里变成绿色
它们低头运送我到达山巅。我在这时说出你
用它改造昔日贫乏的种子和语言。
而我，差点就要高过云端！

夏天啊，夏天！

夏天的扩音机打败了多少个年头的四季

　　　它也打败了自己！

而我的舌头上一个全副武装的士兵

——今天，已经出击！

落后分子就要碰到你

想不起来一颗纽扣掉落在哪里
你已经在大街上盲目地走着
另一个你走得稍快些
他提供给你一些多余的话
让你在广场超市随意买些无用的东西

其实整条大街都是无用的
下水道和烟囱排完了污秽
店伙计拿走了伙计间的距离
行驶着的汽车一下子变得鬼魅无比
它还有一点软弱留给你
落后分子就要碰到你

慢。对，更慢些
遇见的事物正日益无用下去
一整个下午。一整个下午就将过去
你突然有个想法——
在街道一角，踮起脚来把时间吊死！

大风吹走了雨伞

你在这个雨天出门
随手把心情弄灰、弄皱
用低下的心境把一些东西载走

经过图书馆
用想象问候一个发霉的管理员
雨在下。雨越来越庸俗
你简直就要合拢手中的伞

这时，你来不及想象。这时
多么快——
大雨淋湿了你！
大风吹走了伞！

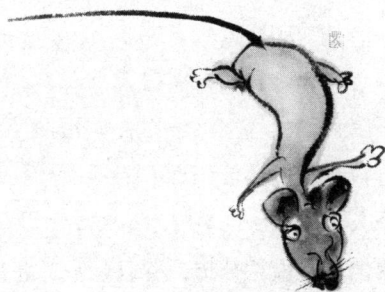

深 夜

就要睡了。那些人在深夜睡去。
只有我，在这个深夜，把一首诗写坏。
同时，写坏一篇小说
写坏一生中的一个阴谋：
小二在里面，做事，死。

被取走的死，看上去比白天小。
死不瞑目。死气沉沉。你看：死。
同时，我虚构的低死亡率：
一个人，死了。
更多的人在虚构梦境，并且翻身，起夜。

那些睡着的人，是对的。
他们对应了深夜的虚弱。
美人同样深睡，性欲站在床边。
多像欠账的人
把通讯录翻遍，克制不住，想象的坏。
而夜在深下去。
死亡不够。还不够。

唉，夜深了。

谁还在这样努力：超越死亡一点点。

尊敬的阴谋家，你好！

即使我死了，也不得安生。

夜深了。恐怖的阴云正捶打着我敏感的四肢！

后　记

　　诗集整理得差不多的时候，我由书名想到一些有关无关的事。

　　也因此想到如果一个人一贯正确，一生正确，有什么好呢，一点都不好，一如死气沉沉的沙丁鱼，沉闷，无趣，缺氧，用一丝丝气息维持最低的生命需求。一天天，一月月，一年年，吃饭，上班，睡觉，几十年如此，这样的人生太正确了，正确得无以复加。但是人生怎么能一直都是这样的状态呢。所以得犯错，不是犯一次错，不是犯两三次错，而是要常犯错，每年犯个两三次错，五六次也不算多。这些错，一如往沙丁鱼群里放凶猛的鲇鱼，它能激活死气沉沉的沙丁鱼群，激活一样死气沉沉的人生。诗人，就是常常犯错的人，有时对不起自己，有时对不起别人，有时对不起某一群体，诗人总是常常会有一些匪夷所思的内心事件出现，这些在别人看来就是一次又一次的犯错。但这是必须的，每一首诗都几乎是一次内心事件的记录。我常常会想到摇滚乐，它反对自己，反对庸常，反对平静，反对现状，呈现另一个全新的自己，这个全新的自己是反对原有的自己后产生的，它是鲜活的，有力的，横生枝节的，带着错误的。

　　也因此，诗的写作也同样可以反对自己，即自己对某些事物明明是打心底里喜欢的，但是，完全可以撇开这个喜欢，往更深层面走下去，会蓦然发现，原先自己的喜欢是浅薄的庸俗的，虽然也可以有庸俗的深刻，但是，还是要有更深层的发现，找到一个新的自己，这个自己就是在反对旧有的自己之后获得的。这相当于，自己走在前面，后面不知不觉地跟来了另一个自己，这个在后面的自己突然拔枪顶着走在前面的自己——"不许动！"这时，才突然发现后面这个自己更加强大，而前面的这个自己是这么的虚弱而不堪一击。

当然，写诗不是非黑即白的设定，有时，我也喜欢处于这之间的，带有一定倾向性的写作，它不明晰，也混沌，也微妙，同时混淆着某一些错误。写诗，也许更多的是不可言说，抵达它，需要敏锐的直觉和对事物的感知度，以及度量。

在此，要感谢刘春兄，将这本诗集列为"诗想者·诗歌文库"系列中的一本。同时，广西师范大学出版社所出的书，在业内得到一致的好评。因此，这本诗集的面世，于我是一件愉快的事。

马　叙

2019．5．2